圖文╱蔡恩怡

作者介紹

蔡恩怡

目前就讀臺北市文山區木柵國小六年級，喜歡創作與畫畫。曾獲台北市教育局自編故事比賽四次特優，幸運獲邀五度參與教育廣播電台「晚安故事屋」節目，錄製得獎故事。臉書帳號「Enyi Chai」。

前言

　　大家好！今年暑假前，學校的老師，把羅慧夫基金會舉辦繪本比賽的報名表，交給了我。老師說，知道我喜歡寫作與畫畫，所以希望我能勇敢嘗試看看！去年，媽媽也正巧買了羅慧夫基金會出版的兒童繪本，送給我和妹妹，並鼓勵我可以把心中的故事寫下來。

　　對於老師和媽媽的鼓勵，我非常感動！剛好，這次的主題是「冒險」。我是馬來西亞的新住民二代，爸爸來自馬來西亞沙巴州，媽媽來自台灣南部。從小我經歷了好幾次的搬家，從這個城市搬到另一個城市，從這間學校，轉到另一間學校。

對我而言，每次搬家，就好像經歷了一場冒險。因為，不知道要搬去什麼樣的地方，也不知道在那裡，會遇見什麼樣的人事物？

這也讓我覺得，也許，我們都曾經有過一場，自己的歷險記。但是，相信我們也都曾經勇敢的在那時候，完成過什麼值得回憶的事情！

就好像繪本中的小斑兔，最後在樹洞中，大聲說出了藏在內心的心聲。

對我而言，閱讀與畫畫，就是我最寧靜的樹洞時光，讓我可以表達出心中的畫面與想法！完成小斑的故事，讓我覺得很溫暖，真心希望大家會喜歡！

在宇宙盡頭的深處，　有一顆美麗的瑞比特王星。

它擁有渾厚的大氣、　漂亮的星環、　蔚藍的天空，　以及湛藍的大海。　在它旁邊，　還有一顆可愛的粉紅色衛星。

在星球最南邊， 有一間迷你的小學校， 叫做胡蘿蔔小學。

新來的轉學生小斑， 個性非常內向害羞。

下課時， 他常常趴在學校的圍牆上， 看著外面的風景， 只希望能趕快放學！

原本，小斑住在一個偏遠但是寧靜的村落裡，那裡住的都是兔族們。

　　平常大家忙完了工作，就會聚在河邊談天說地，一起看著滿天彩霞，說說最近發生了什麼事情？

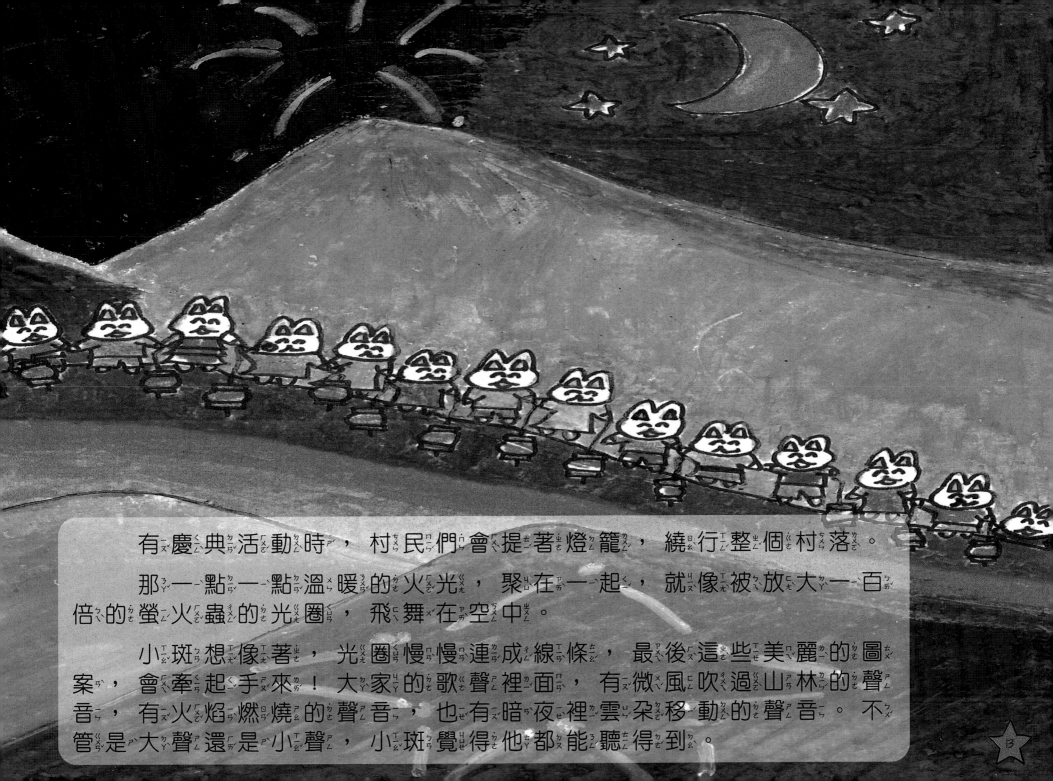

有慶典活動時，村民們會提著燈籠，繞行整個村落。

那一點一點溫暖的火光，聚在一起，就像被放大一百倍的螢火蟲的光圈，飛舞在空中。

小斑想像著，光圈慢慢連成線條，最後這些美麗的圖案，會牽起手來！大家的歌聲裡面，有微風吹過山林的聲音，有火焰燃燒的聲音，也有暗夜裡雲朵移動的聲音。不管是大聲還是小聲，小斑覺得他都能聽得到。

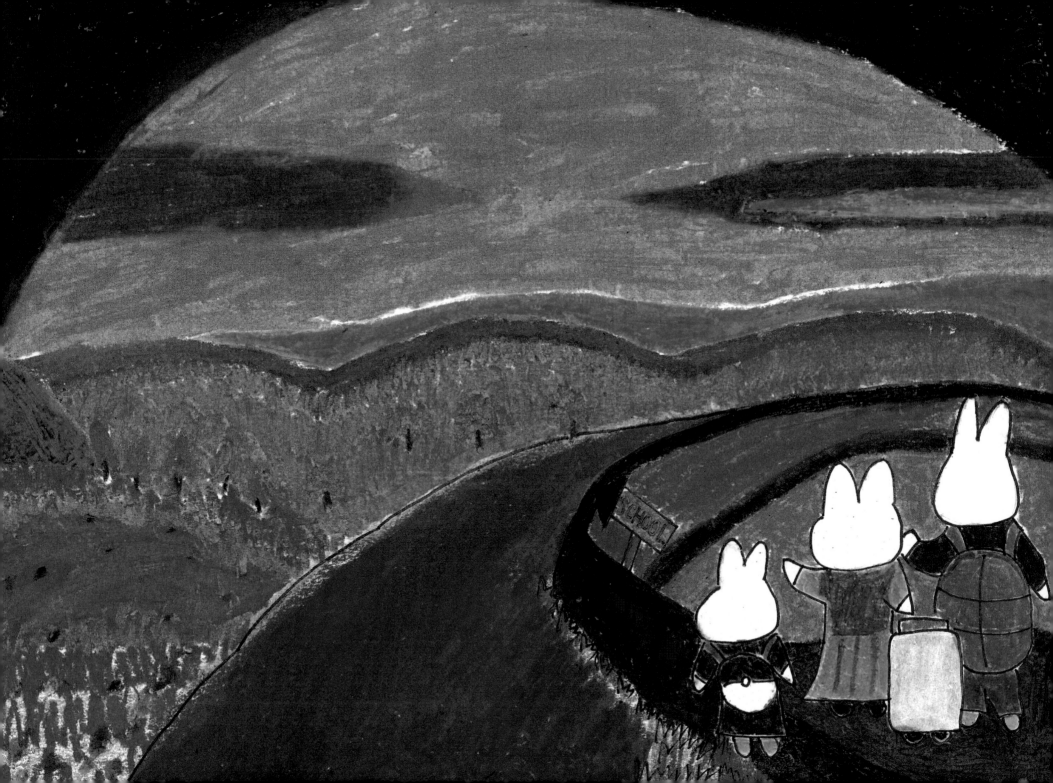

小斑覺得自己好喜歡這裡呀！只是，村裡沒有學校。

小斑的爸爸媽媽，為了他即將讀小學，決定搬到新的城市去。最後，他們搬到了遙遠的山的另一頭。

一開始到了新環境，小斑有很多的擔心……。在這個新的地方，有一半的同學是鼠族，一半是兔族。

在安靜的小斑眼中，老鼠同學們，看起來無比活潑好動！他們不但有尖尖的頭部、圓短的耳朵，還有看起來好可怕的尖牙！

同學們也常常聽不懂小斑在說什麼。因為小斑說話很小聲，還帶著一點村裡的口音。有一些同學，還會故意在小斑說話的時候，摀住耳朵喊：我聽不懂我聽不懂！

小斑越想越難過，他很不想出門去上學。他想，兔族同學一定會覺得他是「鄉下來的兔子」，老鼠同學會覺得他是「鄉下來的討厭的兔子」。

小斑很想努力學好這裡的發音，但是，有時候越著急，舌頭就越難控制。

比如當他想說「蘋果」的時候，就會不小心變成了「蘋狗」。

同學們聽了，就會笑得更大聲了！

在小斑的眼中，學校生活是很單調的。他感覺自己好像沒有準備好任何事情，就闖進了這個陌生的地方！小斑覺得好自卑，他的心中看不見任何色彩，教室是灰撲撲的，同學也是灰撲撲的，所有的一切都是灰撲撲的……。

其實，老師很關心他。還有一隻溫柔的老鼠，小雨。他很想跟小斑當朋友，也希望能和小斑一起玩，但是小斑太害怕了，所以沒有注意到！

小斑很喜歡學校的打掃時間，他打掃的很認真，因為掃地的時候不用說話，他也覺得這時候沒有人會嘲笑他。

有一天，他發現一個骯髒的樹洞，樹洞裡面塞滿了垃圾。

大家把吃完的零食，喝完的飲料，塞進一棵大樹的洞口，慢慢的，它就變成了一個大型的垃圾桶，默默地裝滿了大家丟棄的東西。

小斑看見這個樹洞塞了滿滿的垃圾，他的胸口也感覺好像堵住了一般。

原本住在樹洞上的小鳥，都受不了髒亂的環境，決定搬到另一棵樹上去。

小斑默默地利用時間，一點一滴分類大家不要的垃圾。可以回收的，他就拿去回收。

只是，大家還是會往樹洞偷扔垃圾！

只有小雨在發現小斑的努力後，也默默開始幫忙撿垃圾。

只是小斑剛好都沒看見，所以他沒有注意到這件事。

小斑很有耐心，他每天不斷整理這些廢棄物，終於有一天，他發現只剩最後一個寶特瓶，卡在樹洞裡面！

　　小斑試了好幾次，終於把寶特瓶拔了出來，但自己也突然失去平衡，整個身體跌進了樹洞的深處。

　　他嚇得大叫起來。「啊……！」

不知為何，這個樹洞比他想像的深，小斑感覺身體一直往下墜。

　　最後，他摔落在柔軟的落葉上！他東張西望，感覺自己好像來到一個奇怪的地底世界。該不會是誤闖了螞蟻王國了吧？

　　突然，小斑看到前方有一道好明亮、好溫暖的光線。他又爬行了好一陣子，才到達光線的前方。

小斑沒有想到，樹洞的盡頭，還有一個通往外面的洞穴，他看到一個好廣闊的操場！他靜靜站在操場上，發起呆來。

這座操場又廣大又安靜，跑道是彩虹般的顏色，草坪是翡翠般的亮綠。

天空是……咦，這裡的天空好像刷上了一層白雪，白茫茫的，一大片的空白。

看著這麼安靜的地方， 平常也很安靜的小斑， 不自覺的想用歌聲， 來讓自己不要那麼緊張。

他唱起了之前在家鄉最喜歡的歌曲， 突然， 他發現自己的聲音， 變成了彩色的雲！

一朵又一朵可愛的雲， 慢慢的從嘴巴跑出來， 飄向了天空， 天空也變化出好絢麗的色彩。

小斑覺得好神奇！他也開始慢慢的勇敢說出了，埋藏在自己心裡很久的心聲。

　　那些話都是搬來這裡後，小斑就想說的。但他卻不知道能夠告訴誰？也不知道該怎麼說出來？

小斑一邊說出他的害怕，一邊流下了眼淚。

突然，他發現自己的眼淚，竟然變成了一點又一點的小光圈，慢慢的飛向了天空。

天空收納了所有的顏色，雲朵也變成了各種各樣的圖案，就好像他之前在家鄉，想像過的那些圖案與色彩。

小斑好高興，把心底的話都說出來後，他感覺到輕鬆多了。自己好像也有了多一點的勇氣！

他擦一擦眼淚，決定明天再來這個神奇的樹洞裡玩！

小斑往回爬，卻發現不知為何，掉下來很容易，爬上去卻很困難。

他鼓起勇氣，對著上面大喊起來：「救命！」

樹洞頂端傳來小雨的聲音。 不久還垂下來一根繩索。

原來， 小雨發現小斑不見了， 老師立刻動員了全班同學， 到處尋找小斑。

小雨第一個跑到樹洞旁邊去找， 剛好就聽到小斑的求救聲。

只是自己力量太小， 沒辦法將小斑拉上來， 他趕快找大家一起來幫忙！

小雨還告訴大家，　小斑為了校園的環境，　所做的每一件事。　同學聽了，　都覺得有點不好意思。

　　小斑被大家拉上來後，　說出了自己的經歷。

　　大家決定，　明天帶更多的工具，　再到樹洞裡面看看。

　　這天晚上，　突然下起一場大雷雨。

　　隔天，　大家發現那棵樹，　被雷擊中倒下了！　樹洞也被燒得焦黑。

小斑看著斷成一半的枯樹，放聲大哭。

這時，一把小傘，好像一朵明亮的花，移到小斑頭上。

紅色的傘，就像一朵溫暖的友誼花朵，也好像村落裡流動的火光，一點一點的，慢慢地照亮了小斑內心的深處。他鼓起勇氣對小雨說：「謝謝你！」

樹洞時光，讓小斑明白，當自己願意努力開口時，一片空白的地方，就有可能填滿豐富的聲音，與色彩！

他也發現，只要自己努力過，不管結果如何，一定會比完全不努力，來得更好、更不一樣！

他默默相信，自己勇敢說出的話語，就好像不同顏色的雲朵，環繞著自己、也保護著自己。他終於不再那麼害怕了！因為小斑注意到了，在他的眼中，這間學校慢慢地有了顏色。

這樣的色彩，要如何形容呢？

小斑心想，也許就跟這顆星球一樣，是繽紛多彩、溫暖的顏色吧！

作者的感謝

記得畫畫的過程中，一開始我很擔心，擔心自己不夠努力、擔心畫得不夠好、擔心沒有得獎。

但我依然每天努力地畫著，即使心中覺得自己畫的，有許多不完美的地方。

一直到我看見了書上的一句話：「你必須真的熱愛、並努力！而不是從一開始，就想著結果。」

這句話提醒了我，我也發現，擔心並沒有用，有用的是自己的努力！隨著畫畫的時間越來越長，我進入了一種創作的「心流」當中，也發現自己真正體會到了，專心做一件事情的樂趣！

當媽媽跟我說得獎的消息時，我很開心，更多的是感動！我很感謝媽媽、阿嬤與妹妹，在我畫畫的過程中，陪伴我，給我很多動力！謝謝爸爸與阿公，一直以來給我的支持與照顧！

也很感謝木柵國小的師長和同學，謝謝您們對我的鼓勵與祝福！感謝木柵教會的叔叔阿姨和老師，對我的鼓勵和愛護！

非常謝謝羅慧夫基金會及評審們，給予我這個獲獎的寶貴機會。身為基督徒，我也要為整個參賽的過程而感謝主！謝謝大家！

最後，這個作品能變成一本書，並順利的出版，是讓我最感動的一件事！我想感謝阿嬤與媽媽的支持，謝謝妹妹給我滿滿的愛，我愛您們！

這些是妹妹思蕊送給我的愛心

財團法人羅慧夫顱顏基金會用愛彌補兒童文學獎第26屆入圍作品

胡蘿蔔小學的樹洞歷險

圖　　文　蔡恩怡
校　　對　蔡恩怡、何欣玲
發 行 人　張輝潭
出版發行　白象文化事業有限公司
　　　　　412台中市大里區科技路1號8樓之2（台中軟體園區）
　　　　　出版專線：（04）2496-5995　　傳真：（04）2496-9901
　　　　　401台中市東區和平街228巷44號（經銷部）
　　　　　購書專線：（04）2220-8589　　傳真：（04）2220-8505
專案主編　陳逸儒
出版編印　林榮威、陳逸儒、黃麗穎、陳婷婷、李婕、林金郎
設計創意　張禮南、何佳諠
經紀企劃　張輝潭、徐錦淳、林尉儒
經銷推廣　李莉吟、莊博亞、劉育姍、林政泓
行銷宣傳　黃姿虹、沈若瑜
營運管理　曾千熏、羅禎琳
印　　刷　百通科技股份有限公司
初版一刷　2024年6月
定　　價　399元
I S B N　978-626-364-333-8（精裝）